我在虚妄的时空中
忙于穿行
你阅读
我成长

古典的骨

张世勤 著

作家出版社

图书在版编目（CIP）数据

古典的骨 / 张世勤著. -- 北京：作家出版社，2024.1
ISBN 978-7-5212-2622-5

Ⅰ.①古… Ⅱ.①张… Ⅲ.①诗集 – 中国 – 当代 Ⅳ.① I227

中国国家版本馆 CIP 数据核字（2023）第 245512 号

古典的骨

作 者：张世勤
责任编辑：朱莲莲
封面设计：张子林
出版发行：作家出版社有限公司
社 址：北京农展馆南里 10 号 邮 编：100125
电话传真：86-10-65067186（发行中心及邮购部）
      86-10-65004079（总编室）
E–mail:zuojia @ zuojia.net.cn
http://www.zuojiachubanshe.com
印 刷：唐山嘉德印刷有限公司
成品尺寸：145×210
字 数：100 千
印 张：8
版 次：2024 年 1 月第 1 版
印 次：2024 年 1 月第 1 次印刷
ISBN 978-7-5212-2622-5
定 价：48.00 元

作家版图书，版权所有，侵权必究。
作家版图书，印装错误可随时退换。

目 录

我的济南——代序 .001

辑一
倒流河 .003
寒溪夜话 .006
饭　局 .009
假　伤 .011
千里画江山 .015
天　桥 .018
牧羊曲 .021
航海图 .023
永乐大钟 .026
祭　文 .028
透风的竹林 .031
沈　园 .036
滕王建阁 .038
诗　会 .041
小两口 .044
断　桥 .048

无名女子 .053

荆地女人 .056

公孙大娘 .060

泼　水 .063

补　天 .065

薅头发 .068

石　头 .069

柏　树 .070

白　马 .071

影　子 .072

解　梦 .074

飞天图 .076

坡　度 .081

取　经 .084

捞月亮 .086

偈　石 .090

日月星辰和大海 .093

山海传说 .095

长生秘籍 .097

金色江口 .100

桃花源 .102

太阳城 .104

望农亭 .106

桃树·桃花 .108

钓　鱼 .110

无论西东 .112

经　典　.115

天　下　.117

庸人谣　.119

羰羊传说　.121

我跟李叔不同　.124

经久不息　.127

演　戏　.129

云中记　.131

辑二

两片树叶　.135

泥　人　.138

打　架　.140

诊　所　.142

奋　斗　.144

节　约　.146

天地轮转　.147

跑步机　.148

走钢丝　.150

台　阶　.151

自　从　.152

鱼　殇　.153

地球打滚　.154

拉　锯　.155

湖　边　.156

黑与白　.157

孕　妇 .158

为什么 .160

雨天与朋友饮兰陵酒 .161

我不想与朋友隔着一瓶酒的距离 .163

落　叶 .165

整　容 .166

无　题 .167

爱情物语 .170

悬崖上的爱情 .171

牛郎和织女 .172

脱衣服 .173

两块磁石 .175

人和蚂蚁 .176

九十九级台阶 .177

夫　妻 .178

会过日子的媳妇 .179

春雨记事 .180

初夏之夜 .181

清　高 .182

花　事 .183

彩虹一样 .184

扳机扣响 .185

辑三

神奇的河流 .189

弥　河 .193

黄　河 .194

蒙　山 .195

泰　山 .196

沂　河 .197

书法广场 .198

美女·峰 .199

江　南 .200

烟花三月 .201

济南十八拍 .202

西　湖 .204

太行的天很蓝 .205

夜色中滨河忆友 .207

红　嫂 .208

在孟良崮等一场雨 .211

曾子山 .214

三里湾 .215

他们（诗四首） .216

中秋夜 .219

穿越秋雨中的北部山区 .220

三门峡 .221

无数个母亲在忙碌 .222

姐姐掩映在庄稼丛中 .223

与父亲握手 .225

同　事 .227

镰　刀 .230

白　条 .231

下乡记 .233

麦子 麦子 .235

乡 树 .236

绝 唱 .238

未来（代后记） .239

我的济南
　　——代序

我的济南是一个地理
我的济南是一座城市

济南的我无穷大
济南的我无限小

济南有很多条大街
我只需要其中一条
济南有很多处小区
我只需要其中一处
济南有很多套房子
我只需要其中一套
济南有很多个女人
我只需要其中一个
济南有很多种生活
我只需要其中一种

济南有着别处没有的山
济南有着别处没有的泉

济南有着别处没有的湖
济南有着别处没有的佛
因之，济南也一定有着
别处没有的故事

有这些
对我来说
已经足够

顶多
我再向大舜要来旧时的历下
我再向易安讨来曾经的婉约
我再向幼安求来一世的豪放
我再向老残要来厚重的古城
我再向老舍要来迷人的冬天

海右之亭
早已如此之古
又怎怕
济南名士
何其之多

我只想从一万平方公里的城区中
悄悄裁出十平方公里的活动范围
一平方公里的烟火气
十平方米的书房

半平方米的座椅
以及不占任何空间的思考
和不明不白的想象
让它们兜住我与天地一起的孤独
与时空交错的迷惘
还有我那微乎其微薄如蝉翼
一不小心可能就会被戳破的
十分简陋的
幸福

辑一

倒流河

北有泰山阻挡
东有鲁山驱赶
倒流的大汶河
水中同时晃动着
鲁国和齐国的倒影

子路子贡颜回公冶长
冉求言偃闵损宰予司马耕
孔子带着他的弟子们
一次次打从小石桥上经过

一个个衣衫褴褛
一个个心怀天下
一个个食不果腹
一个个饱读史书
他们来来回回
把小石桥上的石头磨得油光锃亮
有好几个小国
在这座小石桥上滑倒过

当年齐国送鲁国的八十名美女
也是打从这座小石桥上经过的
美女们把河水当成镜子
照个不停
惹得满河的水驻足不愿流淌
孔子想挡住这伙人却挡不住
去劝季桓子却又劝不来
鲁国从此开始上演歌舞剧

后来
卫灵公夫人南子要召见孔子
弟子们都反对他们的见面
孔子却执意前往
不但见了
还彻夜长谈
并拒绝写进《论语》

子路便拿他阻挡八十名美女说事
替季桓子抱不平
这时的孔子自然还未到耳顺的年龄
只道君子喻于义

子路问逾矩没
孔子答不逾矩

孔子想的是

大同社会
大道畅行
大家都能过上小康生活
但现实总是满目疮痍
自己和弟子们也常常如丧家之犬
所以也有种说法是
大汶河是孔子让倒流的
因为他不喜欢礼崩乐坏的春秋
他想让时光随着河水一起倒流
一直流到尧舜禹时代
最好流到上古
只要听听韶乐
哪怕三月不闻肉味也无妨

寒溪夜话

许多年以后
面对吕后对他行刑的时候
韩信突然想到的是公元前二〇六年
萧何去追他的那个月色浓浓的
夜晚

兵荒和马乱与月色的浓淡无关
那夜的月亮很可能是天下第一月
否则它也不可能在史书中
洒下永久的光辉

一个执缰在前
一个策马于后
两人在两个王朝间隔的狭窄缝隙中
见面

凤凰山下
寒溪岸边
樊河桥头
萧何胸有成竹滔滔不绝

拉开架势挥斥方遒
跟他进行了一番楚河汉界的
风云推演

是夜
上游突降大雨
寒溪夜涨
是萧何和河水共同作用
把他重新堵回汉中

想当初
明修去褒斜的栈道
暗中奔袭陈仓
从临晋关集结船只
然后从夏阳渡顺利过河
说是正面抗楚
却秘密沿平阳北上

陈仓之战
安邑之战
京索之战
灭代之战
破齐之战
他用同一个方子拿了五味药
治好了刘邦的心病

但所谓的战神

只可能出现在战场上
如今太平的宫廷里
莺歌燕舞
盛不下他那些
闪耀着寒光和荣耀的
刀枪与剑戟

有那么一刻
他很想跟萧何重新推演一下
人生的棋局

但他突然明白
在寒溪边的那盘小棋局上
他和萧何都是理所当然的棋手
但在一统河山的汉王朝这盘大棋局上
无论萧何
还是他
都只不过是一枚
小小的棋子

汉宫中的这一夜
灯火通明
刀光剑影

史书中的这一夜
无月无星
大地静寂

饭　局

灞上与鸿门相隔不足四十里
主仆百人
马蹄声碎
马蹄声咽
这是一场不得不前往的饭局

不贪图钱财
不贪图美女
不想却被曹无伤拿来
作为中伤的理由
好在刘邦的一跪
将其化解

天上挂着秦朝最后的明月
咸阳和关中正是万家灯火
饭局上两位主人之间谈兴正欢
这不仅让范增频举玉玦的动作显得滑稽
也让项庄的剑舞显得多余
白璧一双　玉斗一对
让热闹的酒场瞬间冷了下来

英雄相识相惜的心怀
范增无法理解
项伯和张良亦不理解

我并不认为杀了刘邦
项羽就一定能够夺得天下
项羽肯定也是这么想

其实，对项羽来说
他该拦住虞姬的殉情
他自己更没必要自刎
他尽可以连同他的乌骓一起
回到江东去
在江东重新设个饭局
继续谈论他的天下大事

假　伤

我去了三次
被司马懿连斩了三次
第一次去时司马师给我说情
司马懿二话没说就喝令把我斩了
第二次去时司马昭很同意我的观点
说诸葛孔明根本就没有军队
司马懿说，昭，你懂什么
然后又把我斩了
等我第三次去时
不等司马懿开口
我自己先说你把我斩了吧

司马懿问我
你这么执着地往西城跑
到底要干什么
我说我想帮你改变历史
至少可以改变三国的历史
司马懿睥睨我
说你我改变不了历史
然后又说

不过,我们可以创造历史

我帮他分析
你隔远了看
当然只能看到四个城门大开
几个老弱军人扫街
两个琴童侧立
诸葛在那儿焚香弹奏
嘴里还轻松唱着小曲
但你若近了看
诸葛额上的汗珠已经有斗那么大
嘴唇不住地哆嗦
哪里还唱得成曲

司马懿说,我无法隔近了看
我问怎么了
司马懿于是领我出来
我一看,这哪是西城
整个是一洛阳啊
我说这跟第九十五回不一样啊
司马懿说,你问问罗贯中
有哪一回他敢说是真的

我说,这样我就明白了
不然,就孔明那点小伎俩
凭你还会看不出

司马懿说,你错了
就是我在西城
就是诸葛亮真摆出了空城计
我也不会攻他

这让我很是不解
问他:这怎么说
司马懿说:曹操一直防我
这是大家都知道的
曹丕还好并不是很外见我
但到了曹叡又开始贬我
所以我的一切功名和职位
其实都是拜我的兄弟诸葛先生所赐
我如掳杀了他
你觉得我的存在还有价值吗
小命只能休矣
但如若我放他回去
他自会再攻
只要他攻
我头顶上便是一片司马的天空

后来,我没再去找司马懿
但听说诸葛先生过世后
他赶紧称病
朝廷来人看他
他病病恹恹不住地哼哼

来人问：唱的什么曲

家人答：好像是在唱《空城计》

回禀魏帝后

魏帝叹曰：

仲达这是让孔明给伤着了

千里画江山

把江山画在纸上
这是艺术家该做的事
而不是一个皇帝该做的事

江山不是画出来的
画出来的江山往往只此青绿

在被掳往金国的途中
不能说宋徽宗一点惋惜都没有
因为他常常在琢磨
或许是自己的哪一笔没有画好
导致了整个江山图的坍塌
而不是去仔细反思
哪一寸山河还可能会丢失
哪一方百姓还可能要遭殃

当年宋江已经率众去了梁山
方腊已经在青溪聚首
他却去了国家宣和画院
看谁能把踏花归来马蹄香的意境

画得更好

当年辽国已经占去幽云十六州
金国已经兵临城下
他却依然沉醉在《清明上河图》中
为画作的艺术魅力
激动得夜不能寐

彻夜西风撼破扉
萧条孤馆一灯微
宋徽宗在金国的日子并不好过
最懂茶道的他
却难以再喝上汴京的新茶
最喜丹青的他
身边却已经没有了天才画师
他所创造的瘦金体
除了那帮文人们外
大宋的子民并没有几个人叫好
回首家山已是三千里相隔
目断山南再不见鸿雁传飞

韩州关押和再囚五国城
曾经与李师师的那些香艳夜晚
已经远去
六个儿子和八个女儿的接连降生
让他的子嗣数量达到了八十个

除了继续读读唐诗
他所能做的也只有这些了

时过境迁
《祥龙石图》
《芙蓉锦鸡图》
《听琴图》
《瑞鹤图》
《池塘秋晚图》
曾经的每一幅祥图
都像不祥的音符
在梦里兀自响起

天　桥

陈桥是一个镇
不是一座桥
陈桥是五代十国这辆班车
经过的最后一个站点

陈桥距开封不足四十里
这也是史书认定的
后周距北宋的最准确距离

在此之前
陈桥站在唐和宋之间
已经整整遥望了五十三年
直至等到那个叫赵匡胤的
三十四岁年轻人的到来

黄袍是早就准备好了的
连禅位诏书也是早已经替周恭帝准备好了的
但此时的赵匡胤已经醉了
竟然连不绝于耳的万岁声
都没能把他唤醒

他不想让自己的吃相
太过于难看
这么激动人心的时刻
他必须装醉

就像他不想亏待自己的手下与部属
而是借酒浇愁
诉说心事
从而让出生入死的兄弟主动交出兵权一样
这种酒他至少喝过两次
至少深深醉过两次
每一次
他的醉话都是那样逼真和那样感人
让人不由得又听懂又听不懂他的心声

由乱至治
他只能不拘小礼
所有的假醉
都只能证明着他的真醒
他兵不血刃
市不易肆
布武修文
他想让从未有过的繁华
和前朝未曾有过的气象
——从陈桥经过和涌入
若非强大的元军

粗鲁地掐断这根管道
资本主义的萌芽
或许从陈桥的桥头
就已经开出了花朵

未离海底千山黑
才到天中万国明
后来
还有很多人和很多事
都打从这儿经过
历史的车轮
辗不碎史书
只能把自己直接开进史书里

如果说陈桥是一座桥
那么它称得上是一座天桥

牧羊曲

曾经
汉与匈的天气
一会儿是南方的暖流
一会儿是北方的冷空气
很不确定

公元前一〇〇年
当这种不确定
传导到苏武身上
就变得确定了
至少有那么十九年
天苍苍,野茫茫
一个人,一群羊
日子就跟停滞了一样

白天看雁群向汉关飞去
夜坐塞上胡笳声声
月光如水
不知两地谁在梦谁

执汉廷节杖
牧匈奴群羊
苏武无意放大一个使者的屈辱
但坚持不把他乡认作故乡

历史的演进不可能没有传奇
民族的融合不可能不伴悲伤

一首《苏武牧羊》
正着听
一种苍凉
倒着听
一场坦荡

航海图

世界上最大的船是陆地
世界上最大的海是远方

六十二艘航船
两万七千八百多人
自一四〇五年的太仓刘家港
驶出

假如郑和知道
皇帝会把下西洋的差事交给他
那他说什么也不会在十岁那年
同意净身
毕竟只有真正的男人
才配得上眼前这波涛汹涌
才配得上这茫茫无际的水天一色

好吧,他愿意把这看作是
皇帝给予自己的
重新做回男人的机会

伫立船头的郑和

浑身披满海风

看上去雄风万丈

装满十三省物产的大船

巍如山丘

浮动波上

云帆高张

昼夜星驰

一路南下

这是一次并不知终点的航行

更让他不会想到的是

在其后二十八年的时间

他的命运都将与远航在一起

与大海在一起

与异国在一起

这仅仅是第一次

后面还有更壮观的六次

在等待着他

可惜那时的陆地和海洋还是分离的

可惜那时的地球还不是圆的

这便注定了郑和和船队

不会走得太远

他只能枉把南洋作西洋

他只能绘制出一张

四平八稳的航海图

陆地上早已有一条
穿越风沙大漠的丝绸之路
但他重新开辟出的这条
碧波万顷的海上丝绸之路
只不过是后世对它的命名

朝廷一方面支费浩繁地赶他出海
一方面又千防万堵地实施禁海政策
这一点他始终没搞明白
正如史书把他七下西洋
与关键时期海洋在中国近代史上
长时间的严重缺失
写进了同一章节一样

他的平面航海图
已成久远的过去
如今世界上最大的船是地球
世界上最大的海是星空

永乐大钟

不铸钟
帝国照昌
不敲钟
王朝难亡

一口四十六吨的青铜大钟
曾震动朝野
钟壁内外
用阳文楷书铸上的经文
一字不多
一字不少
匀称整齐
无一空白

朱棣
当然不会放过这个千载难逢的机会
他把自己亲撰的十万经文
发表在了这块不朽的版面上

钟声一敲九十里

佛音一唱九十里
但后人的评价
也不过和钟响尾音两三分钟的时间
一样

永乐大钟
先是挂于宫中
后移万寿寺
再置觉生寺
它一直在努力寻找着
最适合自己的位置

但只要是钟
就无法避免
被吊起来的命运

祭　文

因为有长江挡着北方的凛风与寒雪
苟安的东晋
表面上温煦如春

晋穆帝永和九年的三月三日
四十一人汇聚于会稽山阴兰亭
借着脚下的流觞曲水
饮酒赋诗
尽管五胡十六国的噪音
一阵阵从北方传来
但他们全都听不见
他们一个个欣于所遇
暂得于己
快然自足
不知老之将至

兰亭集序
二十八行
三百二十四字
从中可见藏锋

可见称饰
可见挂笔
可见牵丝
可见映带
可见由方转圆
可见由圆转方
只是见不到千里江山的半点风骨
也并没掩住半酸文人的虚妄飘逸

政治的昏庸
把一干文人赶向了山水
他们误国清谈
他们忘情狂放
他们俊逸无为
所谓的风流潇洒
所谓的旷达倜傥
所谓的气度
其实都不过是迷失后的偶得
都不过是自我麻醉后的错爱

长达三百余年的生灵涂炭
只能淹没在枯燥的史书之中
长达三百余年的山河破碎
只能借助一幅毛笔字代替

既如此

那么把天下第一行书
视作天下第一祭文
便无不妥

著名的永嘉南渡之后
试问何时北上
可能没有一个文人
考虑过这个问题

透风的竹林

自曹向司马过渡的
历史缝隙中
河南山阳县的一隅
长出了一小片竹林

嵇康阮籍山涛向秀刘伶王戎阮咸七个人
喜不自禁
把这儿当成了他们的
人生道场

他们天真地以为
用几丛翠竹
就可以扎成一道
密不透风的篱笆
就可以避开魏
就可以躲过晋

要说单纯下下棋赏赏乐
单纯论论字画说说文章
也并没什么

但没必要去崇尚什么玄学
他们不知道
这世上所有的玄
都只会存在于玄学之外

只有在玄学之外
一切才可能玄而又玄

他们摆下酒具
披散开长发
甚至脱光衣服
饮酒　放歌　纵舞
打哈哈
做嬉皮士
口无遮拦
身心放达
他们肯定以为
这就是传说中的超凡脱俗了

其实与其说他们是七贤，七个贤者
不如说他们是七闲，七个闲人
或者说他们是七衔，七个饮者
或者说他们是七跹，七个翩跹的舞者
或者说他们是七弦，七根总能弹奏出
不和谐音符的弦子
或者说他们是七嫌，七个嫌弃外面世界

也被外面世界嫌弃的人
甚至可以说他们是七涎,七个流着口水的人
总之他们不过是七咸,七个重口味的人

可他们并不知道
竹林只能保证竹子自己超凡脱俗
却不能保证所有待在竹林里的人
也能超凡脱俗

竹林与朝廷的距离
相隔并没有想象中那么遥远
中间可能只隔着一门亲戚
也或官方的一纸任命

魏晋的秋天
同样风大
魏晋的天气不好
竹林照样会下起大雨

说好的不问世事
说好的逃避现实
说好的伤心欲绝
说好的放荡不羁
但到头来
七个人也并非铁板一块

山涛出山做官是必然的
嵇康被杀头也是必然的
阮籍放浪佯狂也是必然的
王戎走向自己的反面也是必然的

情归何处
定然无论西东
有聚有散
定然皆有命数

像与山巨源绝交这类事
竹子与竹子肯定做不出来
竹子与人也做不出来
只有人与人才可以做得出来

如今竹林还在
长势茂盛
青翠依然
但曾经的宴游不在了
曾经的歌舞早已虚无缥缈
曾经的清谈和狂放
也都已经落满了尘埃

所谓的魏晋风度
每一种姿势的代价

都极其巨大

竹林七贤并非一段竹林传奇
它更像是一出竹林悲剧
如果把所有的坚守
简单交给一片竹林
就以为大功告成
是靠不住的

没有谁能阻挡得住
外宇宙的腥风血雨
每个人都只可能完成
自己内宇宙的风平浪静。

沈　园

我是一座园林
不是一本诗刊
但一位陆姓诗人
坚持把他的诗
发表在园墙上

十年里
一段受伤的爱情
盖过了园内所有的风景

五十年里
所有的思念
都长过了园内
所有绿植的枝蔓

其后一千年里
一个，仍然错错错莫莫莫
一个，仍然难难难瞒瞒瞒

人们叫我沈园
别人把我看作是历史
我却把自己看作是人间

滕王建阁

赣江边上,天高地迥
滕王必须建阁
滕王向西北遥望
他并不关心到底长安还是短安
他只给设计人员和能工巧匠们
提出一个要求
明三暗七
把三分祸害百姓的赋役
所有风花雪月的堕落
一切无厘头的放纵
全部放在明面
把自己的志趣忧伤和愤懑
全部掩藏

他不需要政绩
不需要好的口碑
为帝国添砖加瓦
对他来说或许是一剂毒药

乘青雀舸,泛舟江上

灯红酒绿，滕王阁倒映水中
江南风光好，无限悲伤

一个年轻人的到来
坏了他的好事
落霞与孤鹜齐飞，秋水共长天一色
等这十四个字传到阆中的时候
滕王阁也刚建起没几年
滕王长叹一声
为王勃深深惋惜

当年建造赣江滕王阁时
他要求用上好的材料
事实证明，最好的建筑材料
不是砖瓦，不是琉璃
而是一个少不更事诗人的诗文

正是有了这十四个字
赣江滕王阁浴火十三次烧不烂
兵荒七次捣不毁
历经一千三百六十多年垮不掉

在阆中漫长的日子里
滕王不再北望长安
也不再南望江南
只埋头作画

画出了成千上万只蝴蝶
在花丛中翩翩地飞
一度盛传，他的画
见画能闻花香

有道是天高地迥
宇宙延展无穷
兴尽悲来
人生盈虚有数

诗 会

我能收到从《红楼梦》第三十七回
发过来的诗会帖子
并不意外
因为我也一直在写诗

从我家到大观园
中间相隔二百多年
路程算不上太远
宁国府和荣国府的两个大门楼还都在
正门旁门角门侧门后门
也都在
我绕着它们转了好多圈
只是没有找到一扇门可以打开

我先是错过了海棠社
又错过了菊花咏
直到她们烤着鹿肉作诗
我才隐约闻到了香味一丝

当时胡适也在大墙外转悠

还是他告诉我说
这里面的女子可不简单
个顶个都是倾城美人　绝世才女
我问他，你都见过？
他说，我见曹雪芹了
我以为他不过是在大胆假设
他怎么会认得曹雪芹呢
没想到胡适说，跟他祖上很熟

蔡元培从李纨的墙头上
薅下了一棵红杏
便断定所有的故事都有隐喻

要说还是周汝昌厉害
他说他是唯一一个进过大观园的人
这倒也不难理解
因为他给里面的那群女子们
搞过军训
十二个人一排
一共站了九排
元妃那个位置一直空着
她在宫里来不了
林黛玉因为咳嗽
三天两头请假
还不让批评
一批评就哭

让贾宝玉去安慰

有时管用

有时竟是哭得更厉害

晴雯老往第一排去站

不知被袭人扯下过多少回

张爱玲并不支持我写诗

听说我想参加这样的诗会

她说，那是一场梦魇

但我并不是很认同张爱玲的说法

因为大观园里的细竹仍然翠绿

沁芳溪的清流仍在流淌

怡红院的灯光也还亮着

所以重新组织一次诗会

非常必要

说实话，我很想穿过大半部书

去会会她们

小两口

刚回到青州时
归来堂里还充斥着一些朝廷的气息
理罢笙簧的李清照
对着菱花化了淡妆
并劝赵明诚
不管它,咱们喝酒
赵明诚想小酌几杯就好
李清照不高兴
说这淡酒,三杯两盏
怎能敌晚来风急
反正今夜雨疏风骤
不如任由它暗香盈袖

结果两人一夜浓睡
也未能消去残酒

赵明诚天天拽着几个朋友
漫山遍野地找石头
说是想写本《金石录》
朋友们不解

赵明诚开玩笑说
日子让李清照过得过于柔软
我得来点硬的
朋友问，怎么柔软？
赵明诚说，天天慵整纤纤手
蹴个秋千，也能薄汗轻衣透
每当客来，不仅袜刬金钗溜
还一定要和羞走
和羞走就和羞走吧
却又倚门回首
手里把着一枝青梅
装模作样地嗅
真拿她没办法

李清照南下时
自己带走了十五车精挑细拣的文物
把带不走的金石
锁进了青州的十多个房间
并嘱赵明诚的那些朋友们帮忙照看
结果战火一来
那些东西也就没了

青州的朋友们
时常关注着南方的消息
一会儿说赵明诚死了
一会儿说李清照改嫁了

一会儿又说李清照改嫁后又休了夫
而且自己也因此坐了牢

后来有人专门去南方打探过
回来说,那个地方的气候
多是梧桐兼着细雨
冷冷清清
但凡有一种相思
就能惹起两处闲愁
即便无雨,轻解罗裳时
也早已是月满西楼
现在整个人儿是帘卷西风
比黄花还瘦

曾经有朋友问赵明诚
家里有个女词人幸福不
这就跟问宋朝
有这么个女词人
宋朝幸福不幸福一样
有人说
李清照本身就是一座八咏楼
水通南国三千里
气压江城十四州

绛绡缕薄冰肌莹
雪腻酥香

也许赵明诚会永远记得
那洋溪河畔，那夏夜微风里
李清照那句调皮的暧昧话语
今夜纱厨枕簟凉
羞入梦乡

断　桥

白素贞直到一千岁时
才总算出落成一个美女
成为美女的她突然想起了
谈恋爱这事
一想起这事
心情就不是很好
就想约上小青
去西湖断桥边走走

那天，西湖正落着霏霏细雨
是一个很适合恋爱的天气
其实，只要动了春心
没有那场雨
没有那把伞
没有许仙
爱情照样会发生

又是一千多年过去了
他们一直生活得很好
小青经常从外面

打探一些情况回来

小青说，外面盛传我和姐姐
是一条白蛇一条青蛇变来的
也有传我是一条青鱼变来的
小青一边说一边咯咯笑
她调侃许仙
跟两个妖精一起生活
害怕不？
许仙正喝着雄黄酒
笑说：你们不是经常说
男人就喜欢妖精吗
并示意她们俩：你们不来杯？
白素贞说：不来

小青说，更有意思的是
说我们与法海矛盾很深
我们的确经常去金山寺进香
可法海跟我们半毛钱关系也没有
要说有，也不过是我们每次去时
我发现他都会假装镇定地
偷偷多看我两眼

白素贞调侃小青
你那么可爱
真要惹得他还俗

可能也没人会奇怪

许仙说：法海是个清静中人
我们还是对他多些尊重才好
妹妹拿他说事
怕多有不敬

小青说：我这算什么
你不知道，外面把他说得可坏了
说他一门心思
破坏姐姐和姐夫的婚姻
先是把姐夫扣在了金山寺
接着把姐姐收进了钵盂
最后镇在了雷峰塔

许仙和白娘子同时问
那你呢？
小青说：我啊，都快被他们传成英雄了
说我不顾一切前往搭救
水漫金山
你们说好玩不

许仙说：看把法海能的
你姐姐本事大着呢
就他，能罩得住？
小青说：不是因为姐姐怀孕

刚生下孩子吗
所以打不过他

白娘子有些害羞
说：瞎说什么呢
然后看看许仙
因为两人都想要个孩子
却一直没怀上

许仙说：这样也挺好
等着再给小青物色个人家
也就齐全了

小青说：我才不呢
白素贞问：怎么了
小青说：你看看外面那些人
也太能八卦了
根本没影的事
却说得有鼻子有眼
我要是嫁了人
他们还不知把我说成什么样
要不找时间咱也去趟雷峰塔吧
看看雷峰塔到底长什么样

小青的提议不错
这天，他们关了保和堂药店的门

一同有说有笑地去了西湖边
但怎么找也没找到
跟路人打听时
有了解情况的路人跟他们说
听说这夕照山上过去是有座塔
可已经倒掉很多年了

无名女子

单于让我嫁给那个
从东方而来的使者
我明白单于的目的
绝非为了我的爱情
但九年里
我始终与他相濡以沫

那天,他和随从堂邑父
貌似正常去打猎
我给了他一个拥抱
因为我知道
这是我们分手的时刻
他们不是去打猎
而是要逃离

我不知道的是
我们的缘分并未断
他们从西域东行时
尽管十分小心
但仍然再成了

我们匈奴人的俘虏

又是三年
我与他仍然是
相濡以沫

单于的病亡
再次给了他们出逃的机会
这一次
我没有给他拥抱
而是直接打起包裹
坚定跟他同行
因为我并不想让他
当一辈子俘虏

一路往东
我们到达长安
他终让我见识到了一个
完全不一样的天地

有人说，如果没有我
他不会坚持下来
更不可能完成汉帝国交给他的
那个看似不可能完成的使命

没有人比我更了解他
没有我也会有别的匈奴女人

即使没有别的匈奴女人
他也一定会出色完成任务
当然那又是另外一部历史

我的夫君张骞出使西域这件事
作为一个了不起的事件
载入史册理所当然

我一遍遍地翻着史书
厚重和庞杂之中
却并盛不下
一个匈奴女人的名字

其实，张骞给我起过一个汉人的名字
只有他在叫
我又从来不说
我只能相信
这是因为没有一个史官
知道的缘故

对历史来说
也许我叫什么
我做了什么
都不重要
我即使付出我所有的爱
也永远都难以迈过
那道正史的门槛

荆地女人

她只是一个女人
一个出身于荆地的女人

在掖庭,并不受待见的她
从不曾想过
有人需要用她的两只手
牵起两个民族
需要用她的肩膀
扛起一个国家
需要用她年轻的怀抱
把长达二百年的战争
包裹

北出长安
翻越赵北长城
穿越戈壁大漠
曾经的长弓短箭
曾经的战马嘶鸣
曾经的杀戮封侯
全踩在了一个

弱弱女子的
脚下

她先嫁的那个男人叫呼韩邪
后来又嫁的那个男人叫复株累
只听名字就知道她的悲苦
更不消说这两个父子关系的男人
给过她多少恩尊

她必须适应羊奶
习惯毡帐
懂得骑射
会说胡语

当然
她也得学会
如何不情愿地生下孩子
比如儿子伊屠智牙师
比如两个女儿
须卜居次和当于居次

这些名字让她温暖
但同样也让她悲伤

她只是一个女人
一个出身于荆地的女人

既然她做出了这么大的事
后世史学家赶紧补给她
一个出色的容颜
丰容靓饰
光明汉宫
顾影徘徊
竦动左右

文学家赶紧递给她一把琵琶
让她弹奏漫天黄沙
让她抒发千古幽思
并告诉天边大雁
一定要忘记飞翔
先别管沉鱼的事
先制造出平沙落雁的景象之后再说

民间更是赶紧行动
将她不伦不类地与
西施貂蝉和杨贵妃并列到一起
作为美女资源
进行世俗消费

史学家的事件
文学家的人物
民间的野史故事
本来就是三本糊涂账

不管它们哪一部
相信都会与历史自身
相去甚远

公元前三三年的那一天
一队人马北出长安
然后长河落日
然后大漠孤烟
那个女人再也没有回来

有人说
远离刀耕火种的故国
她早已化作牛羊遍地
也有人说
背离茂林修竹的家园
她早已青草连天

她叫王昭君
一个来自荆地的
女人

公孙大娘

人们都喊她大娘
但她并不老
她其实和大唐的春色一样年轻

美女们都习惯跳软舞
风摆杨柳百媚千娇
而她却总是执一柄长剑
嗖嗖嗖
刮起一阵阵盛唐的风

属于她的风
从民间一路刮进宫廷
只要杨玉环喜欢
唐明皇就喜欢

剑光耀眼
堪比后羿射日
身手矫健
宛若游龙翱翔
起首便是雷霆震动

收气便成江海凝波

不能说是因为看过她的剑舞
张旭才写出龙飞凤舞的绝世书法
杜甫才把诗写得那么慷慨悲凉
吴道子才懂得了作画的用笔之道
但作为当时最有代表性的三位观舞者
他们的确都曾在她的风中
醉过不止一次
梦过不知几回

可惜大唐太过雍容繁丽
太过华贵奢靡
也落满了太多的风花雪月
她的舞蹈跳得好
但她的剑法瞄得更准
她的一剑寒光
即使把正在走弱的盛世气象已经刺破
也未能把一堆颓废人的忧患
挑醒

年轻貌美的公孙大娘
到底嫁没嫁人
不知道
只知道

她嫁给了剑

嫁给了舞

嫁给了一个朝代

嫁给了史书中的一个段落

泼 水

潘金莲的那盆水
泼得不是时候
如果推迟四百年泼出去
不知又会泼到谁的身上

四百年后的男人们
早已经摸透了武大郎卖炊饼的时间
所以会没事找事地
打那条小巷经过
一边喊着"不要脸!""荡妇!"
一边又想着也能与潘金莲
发生点故事
叫得最欢的那几个人
最希望潘金莲那盆水
能泼到自己身上

当然没有人会相信
爱情能够当街发生

只要沾上潘金莲的水

就得要做好与武松过招的准备
有人说，武松不是就剩一只胳膊了吗
有人说，武松早就出家了
谁知道他还愿不愿意
再去管这等闲事

潘金莲小杆撑窗
媚眼抛洒
这个动作四百年来就没变过
然而，世俗的市井
一个个猥琐的男人
最终让她失尽了兴致

不同时代的男人们
虽然一次次给她
泼出第二盆水的机会
但她不仅没把盆里的水再泼出去
还把媚眼收了　小窗关了
给西门庆说
你把《水浒传》的最后一页
也给关上吧

补　天

四极废,九州裂,天缺一角
世间没有比这再大的事
天的颜色和质地都是有讲究的
不是随便拿块石头就能补得上
好在有女娲在
她的手最巧
她连人都会造

就这样
一个弱女子
面对着一面残破的天
成了一个修补匠

这场景,既让人心疼
又让人惊艳

这行为,不像是传说
更像是现实

女娲费了好大劲

总算用五色晶石补好了
天空不时泛起五彩的云霞和雨虹
经女娲之手重新补过的天
比先前的天
还要美出许多

一些未被选用的石头
有的落到了日照涛雒
有的落到了寿光石臼
有一块被辛弃疾藏到了袖子里
有一块被曹雪芹拿去写了书
我也是其中一块不堪大用的顽石
被埋在了鲁国

经女娲补过的天
一直用到现在
再没坏过

我们这些未被启用的石头
嘴上不说
心里其实都希望天能再坏一次
据说，这也正是当初我们未被选上的理由
因为没有别的石头
比我们的想法更坏

经女娲补过的天

质量超好

后人无须再担心

但女娲还是让自己的手艺

以神话的形式代代相传

作为非物质文化遗产传至今天

女娲的想法是

她的手艺用不上没关系

但每一个人起码都应该有

补天的冲动和补天的担当

也许一个人

就是一片天

薅头发

项羽力拔山兮
他薅着自己的一缕头发
就能把自己拔起来

后世的军事学家对此一直不解
他为什么薅自己的头发
却不去薅刘邦的头发呢

石 头

伏羲坐在一块巨石上
看着每日里太阳东升西降
苦苦思索
最终一画开天

人们从此记住了《易经》
却没有人记得住那块石头

我就是那块石头
没有人比我更懂伏羲的心思
和那时候的天象

柏　树

孔丘拜见李耳
是在一个阳光温煦的午后
他们站在洛阳郊外的
一棵柏树下
说了很多话

那时的孔丘还很年轻
他急于想问礼
但李耳给他的回答很简短
毋以有己

人们从此记住了中国思想史的原点
却没能记住那棵树

我就是那棵树
没有人比我更知道
他们到底谈了些什么
也没有人比我更知道
造成江河横流的那道闸门
是怎么打开的

白　马

汉明帝夜梦金身人
大殿绕飞
便遣使西寻

后来，一匹白马
驮着四十二章经文
来到了洛阳

直至今天
人们还在研究那四十二章经文
却没人研究那匹白马

我就是那匹白马
没有人比我更知道那些经文的重量
而且我也早已对那些经文倒背如流
但我仍然没有一个属于自己的
名字

所谓的白马寺
是一座寺
而并非一匹马

影　子

特勒骠　飒露紫　青骓
拳毛䯄　什伐赤　白蹄乌
六匹马每一匹都有
一个诗意的名字
一个英雄的名字
它们先后奔腾驰骋在
隋末和唐初宏阔的疆域
纵然全身被射满箭矢
也依然仰天长啸壮怀激烈

它们以接力的形式
把一位二十八岁的年轻人
送上了叫作贞观的座椅

后来它们成为青石雕像
不再风化
作为昭陵最厚重的一堵墙壁
遮挡着异域吹来的风

但没有人知道

还有第七匹马一直等待着出征
它也是经过千挑万选
选拔出来的
只可惜此时龙椅安定
天下早已太平

我就是那第七匹马
我没有上过战场
我没有受过伤
我从没有属于自己的马鞍和主人
我活着
活成了一匹野马

我无法证明自己是一匹好马
是比昭陵六骏更好的马
我不停地在历史的间隙中游走
即使影子偶尔投射到那堵
唐朝留下来的墙壁上
也会被后人当作灰尘
轻轻擦去

解　梦

庄子在做梦
一只蝴蝶也在做梦
两个梦之间一开始没有路
后来是一条土路
不断拓宽后成了油路
再后来开通了高铁

路况越来越好
能够真正抵达的人
却越来越少

野史更记载
从没有一个
真正抵达过的人

等人们发明了飞船之后
才发现两个梦之间的距离
比星空还大
比宇宙还远

考古学家初步断定
这是一个梦被人为拆分成了两个梦
这种文物若想修复起来
比重新造一个天体
难度还要大

飞天图

我曾三去敦煌
第三次去敦煌时
买回一幅十二身飞天图

这十二个曼妙女子
是从敦煌第二八二窟飞出来的
她们头束双髻
上体裸露
腰系长裙
肩披彩带
身材修长
逆风飞舞
身轻如燕
天花旋转

她们演奏腰鼓
演奏拍板
演奏长笛
演奏横箫
演奏芦笙

演奏琵琶
演奏阮弦
演奏箜篌
每一个都是天地精灵
鲜美靓丽
每一个都身怀绝技
婀娜多姿

有了她们
我的梦突然多了起来
一会儿梦见昆仑山
一会儿梦见祁连山
一会儿梦见天山
风波楼柳空千里
月照流沙别一天
我不断在嘉峪关和玉门关之间
进进出出
这地儿使臣将士商贾僧侣
人头攒动
尤其是在阳关
遇见李白正在那儿写诗
他在写出　素手把芙蓉
虚步蹑太清　两句之后
就才穷词尽写不下去了
没办法，我只好给他补上
霓裳曳广带，飘拂升天行

我的生活和事业
都出现了腾飞的迹象
我每天都要看一眼
这十二身飞天图
通过敦煌打通西域
通过藏经洞打通天地

没想到这天再看时
上面竟然少了一位
我问她们这怎么回事
她们却都不说话
她们停下飞舞
有的在吃李广杏
有的在吃敦煌瓜
有的在吃酒枣
有的正从樱桃小口中
往画外吐阳关葡萄皮

那个最好看的小蛮腰
我每次都会多看她几眼
是她后来悄悄告诉我
那个小姐妹独自飞走了

后来我去外地出差
一路心神不宁

归来后最担心的事还是发生了
那十一个曼妙女子全都飞走了

去一趟敦煌不容易
我只好托樊锦诗重新买来了
第四二七窟的一百零八身飞天图
她们戴宝冠
饰璎珞
佩环镯
系长裙
绕彩带
漫天散花

我想这回好了
一是我加强了防范措施
二是人多不怕飞走一个两个

我把她们小心翼翼地挂到墙上
决心睡个好梦
没想到一夜之间
她们竟然全飞走了
只留下了一地花瓣
一条彩带
那条彩带
在风中独自飘舞

难道她们就那么喜欢
那些木构崖岩
那些莲花柱石
那些铺地花砖
还有那片千年荒野
难道她们就不怕
敦煌咽喉锁钥

后来妻子因公外出
很长时间没有回来
本来早已空空荡荡的画框里
竟然多出了一个飞天女
胖胖的
一直对着我笑

这人怎么这么面熟啊
定睛一看
我说,就你这体形也能飞
我一把把她扯了下来

我终于知道那些曼妙女子
为什么待不下去
赶紧飞走了

坡　度

杭州密州徐州
湖州黄州汝州
常州登州杭州
颍州扬州定州
惠州儋州廉州
舒州永州常州
最后入土汝州

毫无疑问
即使放在世界范围内
他也是任职地级市最多的官员
将近三十年的时间
他不是忙于任职就是
走在去任职的路上

他绝不是跟州这个字杠上了
他也绝不想跟皇帝过不去
只是北宋的朝廷不够宏阔
想盛下他不那么容易

神宗哲宗徽宗
万变不离其宗
他把山河熬白了头

一个个朝廷风风雨雨
只剩他一个人
宠辱不惊进退却不失据

我一路收集他的脚印
却意外收集到了一堆
以他名字命名的
村庄道路田野桥梁井灌草帽
甚至一堆盛产于眉州的
方言土语

我向他讨教政论
他跟我讲史论
我向他讨教史论
他跟我讲文论
我向他讨教辞赋
他跟我讲诗
我向他讨教诗
他跟我讲词
我向他讨教词
他跟我讲书法
我向他讨教书法

他跟我讲绘画
我向他讨教绘画
他跟我讲医药
我向他讨教医药
他跟我讲水利
我向他讨教水利
他跟我讲烹饪

他这明显是故意制造出一种坡度
让别人无法赶上他

他把这面坡叫东坡
有人说，这本来是他打算
送给北宋的一个台阶
好让北宋体面地下来
但没想到
它的坡度足够大
北宋下来后
南宋费了很大劲
却再也没能爬上去

当然，跌落在这面坡度下的
也不仅仅只有南宋

取 经

经都是好经
但却纸无一字
唐僧师徒只得重新转回雷音
悟空上来就要跟如来动手
被唐僧止住

如来问：何事
唐僧答：经无字
如来说：无字方是真经
悟空质问：那有字的呢
如来答：有字的只是叫经
并无多少价值
如来责唐僧：你不该不知
唐僧答：弟子知
如来说：知为何还要换
唐僧答：唐王不知
如来问：唐王若知
唐僧答：天下不知
如来问：天下若知
唐僧答：世间便无如来

如来于是含笑。

回返的路上
悟空说：如来真淡定
唐僧答：如来当然淡定
悟空说：如来真会说
唐僧答：如来当然会说
悟空说：难道师父就没看出
他在跟我们玩空手道
唐僧掉眼泪
悟空问：师父哭啥
唐僧答：我哭你尖嘴猴腮
一直长不大
悟空问：何有此说
唐僧答：是个妖精就会包装
你却不会
悟空问：师父是否违心
唐僧答：所以为师也是在哭自己

八戒从旁戏言：管它有与无
有也是无
无也是有
悟空斥道：你个呆子
唐僧又流眼泪
悟空问：师父为何又哭
唐僧道：被八戒蒙对了

捞月亮

后人给李白准备了三种死法
让他自己去选

一种在宣城醉死
一种在当涂县令李阳冰家中病死
一种在当涂江上喝酒时
跳到江里去捉月亮
被淹死

李花怒放一树白
李白听后仰天大笑出门去
照常找他那帮朋友喝酒
尽管五花马早就卖过多少回了
尽管千金裘早就当过不知多少次了
但只要能有人对酌
山花便会次第开放
朋友们就可以一杯一杯复一杯
且把外乡当故乡

他的朋友们

李邕杜甫孟浩然
高适张旭王昌龄
元演贾至贺知章
汪伦良宰崔宗之
觉得李白老这么个喝法
整个唐朝的山水
都跟着他一起醉一起醒
总不是个办法
大家商量一起去劝劝他

盛唐的风早就刮过去了
如今秋风瑟瑟落叶飘零
天气已经有些凉意

孟浩然说：八月的湖水过于平静
白发总是催人老去
说人事总有代谢
往来已成古今

李白说：我本楚狂人
凤歌笑孔丘
不过喜好名山大川而已
何苦非要逼我去死
这么说吧
那次天子招呼我上船
我不上，那时的我已经死了

后来在洛阳与杜甫老弟相见

先前的我又死过去一回

再后来到了浔阳狱中

这回我是真的死了

至于后来去了夜郎的那个人

根本不再是我

现在又让我死

意义到底有多大

贺知章揶揄他

君不见黄河之水天上来

奔流到海不复回

君不见高堂明镜悲白发

朝如青丝暮成雪

李白举杯讪讪一笑

人生得意须尽欢

哪能让金樽空对月

然后让高适说两句

高适说：如今的青枫江上秋帆尽远

白帝城边古木全疏

李白一听就摇头

李白说，今天我说两条

弃我去者

昨日之日不可留

乱我心者
今日之日很烦忧

这次聚会并不愉快
朋友们一一散了
李白独自举杯邀月
却不想对影成三
低头看时
月亮真的已经掉到江里去了
已经有了醉意的李白
拿不准自己该去捞
还是不该去捞
他倒不是担心能不能把月亮捞上来
而是担心一不小心
把屈原给捞上来后怎么办

所以至今
月亮仍然没能挂到天上去
而是继续泡在唐朝的深水里
王昌龄的说法是
一片冰心在玉壶

偈　石

吴用很早就找过我
吴用最初找我的时候
被逼上梁山和被强行掳上梁山的将领
才刚刚三十六名
后来再找我的时候
已经到了一百单八将

先是我在石头上胡乱画些图案
埋进地下
然后由公孙胜作法挖出来

显然这是块神石
因为正反两面全写满了天书

石上的文字无人能懂
也不可能懂
幸好吴用提前塞给过我一本书
这时被派上用场
拿出来一对照
石头上刻的竟然是

一百零八个人的名字
而且每个名字的前面
都已经标注好了江湖名号

本来熙熙攘攘
像赶大集一样的聚义厅
这时一下安静了下来
每个人都忙着去找自己的座位

一切秩序井然
这仗还有法打吗
宋江说，有法打
我们可以去打方腊呀

有人不愿打
有人不想打
有人不知道该怎么打
有人不知道为什么要打

只有李逵一拍大腿说
对啊
哥哥说得极是

后来我问吴用
怎么会找到我
吴用说，因为早在许多年以前

我就看到你动作娴熟地
往鱼肚子里塞进
写有"陈胜王"的帛书
还悄悄躲进庙里
模仿着狐狸的声音
高声大叫"大楚兴,陈胜王"
这事干得漂亮

后来,公孙胜莫名其妙就失踪了
我得了很多银两后
吴用说,何玄通,反正你是道士
四海为家
你也失踪吧

像我做的这种生意
一千年不一定能做成一桩

日月星辰和大海

虽有天地,却一片荒芜
这总不是办法
与女娲虽为兄妹,却又是夫妻
这总不是办法
太阳一天一个从东边出来
又无一例外地在西边落下
这总不是办法

伏羲长时间坐在一块大石头上
他想下一盘棋
这是一盘大棋
他只能自己跟自己下
但他下得很认真
用了好几年时间才下出一子
其间,他把记事用的绳子结成了网
他把陶埙吹出了声
他把琴瑟拨弄出了共鸣

伏羲一边哼着小曲一边下棋
有了一,便好办了

一可以生二
二可以生三
三可以生万物
就如同人法地，地法天
天法道，道法自然一样
顺理成章

伏羲穷尽一生
一共下出了六十四子
这六十四子开始在棋盘上飞
它们首尾相连
无可增
无可减
无可断
无可围
又无可不围
无所谓开头
更无所谓收尾

伏羲并未将这六十四子
全部下到一张棋盘上
这些棋子上天入地
散落在了日月星辰和大海

他是唯一一个跟自己下棋
结果把自己赢了的人

山海传说

那时,不断上升的海平面
一路涌到了太行脚下
海水沿着崖壁继续攀缘
神农氏的地盘眼见日渐缩小

那时的大海是无用的
只有陆地才是有用的

那时的龙王只是传说
神农却是真实存在的

炎帝的爱女女娃
懂得父王的忧思
她英勇地跳入水中
却一去不返

她愿意化作一只神鸟
彩首,白喙,赤足
她也愿意从发鸠山上
不断地衔来石头和草木

但她也知道海是填不尽的

她其实并无意于去填海
或许是人们误读了她的行为
她只是不想让人变为鱼虫
而一如爹的心愿那样
让百草茂盛

她一路把海向东驱赶
她当初投下的石块已长成山峦
投下的树枝已长成密林
太行山脉威武挺拔
太行子民勤劳勇敢
这方土地长治久安

只是后来她发现
这世上,没有一片不喜欢山的海
也没有一座不喜欢海的山

长生秘籍

一只手是弓杠岭
一只手是郎架岭
岷江水向南流

年轻时的彭祖
看不懂这山河
他从彭山上下来
一个人在江边来回漫步

对彭祖来说
从夏走到商
就像从春走到秋一样
茫茫宇宙
天地一瞬

这天他在江边遇见了采女
岷江变得格外生动
彭祖惊奇,你怎么在这儿
采女答,我来采气
采女说这话时

阳光普照
峨眉远黛

采女问,你呢
彭祖回曰,我在闭气
采女问,为何
彭祖说,就在看到你之前
我把上古以降的所有戾气
刚刚逼出体外

彭祖说这话时
浑身蒸腾
宛若仙气环绕

采女问,为什么今天的江水
如此欢畅
彭祖答,因为今天阴阳中和
天圆地方

彭祖娶了采女
商王得了秘籍

尽管商王活到了三百岁
但商王并未真正读懂秘籍
真正获得长生秘籍的
是岷江

是彭山
是彭祖和采女的爱情

据说,彭祖年少时的模样
至今仍在江水中荡漾
整个彭山的倒影
也一直像春风一样
活泼而年轻

金色江口

本来,张献忠已经把明朝
掰下一角
变成大西国
揣在了怀里
但一边是杨展
一边是鳌拜
让他不得不把自己
偷偷截断的那段历史
扔进了江水

随着一千船金银财宝的下沉
一半明朝
吊死在了煤山那棵古树上
另一半淹没在了江口镇
滔滔江水之中

石龙对石虎
金银万万五
江口,见证了一个王朝的
拐点和更替

曾经的鼓角齐鸣
让江水的流速变缓

成都大平原，天府之国
小小江口镇，宝藏之城

不过
虎钮金印金帽饰
金链金册金烟斗
金簪金环金手镯
都早已成为历史
倒是被江水浸润的江口
被文化撑大的彭山
被风光壮美的眉州
闪烁着真正的金光

桃花源

上任彭泽县令后
一晃八十天
第八十天的晚上
陶渊明一夜未睡
他想通了一个问题
或者说，有一个问题
他始终没有想通
第二天便递交了辞呈

严格说
他辞去的不是彭泽县令
而是整个东晋

更严格说
他是把四〇五年之前的所有朝代
全都辞去了
只给自己留下了
一片桃花源

目倦山川异

心念山泽居

有人经常见他在南山采菊

夫耕于前

妻锄于后

不知有汉

无论魏晋

太阳城

十个太阳明晃晃地挂在天上
大地蒸笼一般
万物难熬
人们都在埋怨
只有后羿一个人默默不语

紫云山下,琚村
人们发现,不知什么时候
后羿手中多出一张红色的弓
腰间多出一袋白色的箭

万斤力弓弩胀满
千斤重利箭飞天

射落的九个太阳
有五个被他埋在了长子县

至今仍然能感受得到
琚村阳气最重
氧气最足

琚村人修建了庙宇
把后羿供奉起来
如今庙前已经长满了
每个松针都呈三支状的白皮松

供奉后羿的目的
不单是表彰他的神武
同时也是担心
他把九日再射回到天上去

因为，埋在长治的五个太阳
在地下
都还活着

不管挖出来还是不挖出来
长治都可以号称自己是太阳城

望农亭

在三湘四水
有一个人领种五谷以为民食
制作耒耜以利耕耘
遍尝百草以医民恙
织麻为布以御民寒
陶冶器物以储民用
削桐为琴以怡民情
首辟市场以利民生
剡木为矢以安民居
这是一个让周围族群羡慕不已的
神农家族

被视为神农氏的他
每日里攀大山钻老林
搭上神农架
采摘各种草根树皮种子果实
族人们对他遍尝百草的做法不解
他说，因为五谷和杂草长在一起
药物和百花开在一处
那怎么区分呢

神农说,在都广之野
天帝赠了我一条神鞭
有了它,我就可以把烈山抽遍

但在小北顶山下的百草洼
不知为什么他却忘记了
用手中的鞭子
做出甄别
结果让一株断肠草要了命
旧石器和新石器之间
多出了一个顿号

如今,我站在望农亭上眺望神农部落
那遥远的场景
像一味中草药
正把我周身调理

桃树·桃花

我认识桃树的时候
它的根已经深深扎在
《诗经·国风》之中
桃之夭夭，灼灼其华
后来，它的花朵
从秦汉宫阙
唐宋山岭
明清郊外
一直开到了我家的门口

《诗经》给桃花定下了调子
它与女人有关
与美好的爱情有关
与人间真情有关

崔护去城南庄寻找人面桃花
刘禹锡去玄都观寻找
当年种桃的道士
孔尚任把桃花收进了一把折扇
汪伦把整个唐朝的桃花瓣

统统收集起来
全部撒进了
为李白送行的千尺潭水之中

后来陶渊明开建了桃花源
陆游专门在唐婉的墓旁
种植粉红的忧伤

回想刘关张在涿州结义
桃花命短
安抚白居易与沈括庐山争吵
人间三月与山寺四月
自然不同

在萎蒿满地芦芽略短之时
东坡先生一试春江水暖
在花谢花飞花香漫天之中
黛玉红消香断

至于桃树如何成为一棵故事树
桃花如何变异为一种是非花
那都是后来的事

钓 鱼

用直钩钓鱼这事
年轻人做不来

看见落下来的直钩
不仅渭河里的鱼搞不懂
整条渭河也不明白

高天上的流云
正倒映河中
远处的金戈铁马
正在烧红历史的天空
社会缝隙中
正是人仰马叫
既然七十多年都已经隐忍了
此时的姜子牙肯定坐得住
胸中藏满风暴
脸上袒露从容
这才是高蹈者的气象

姜子牙并不是简单地坐在渭河边上

而是坐在岩浆欲要喷发的火山口上
姜子牙的渔竿
并不是简单地伸进了浑黄不清的渭河
而是伸进了一条波谲云诡的历史长河

周文王是鱼
周武王是鱼
商纣王是鱼
妲己也是鱼
因此，他轻轻一甩
渔线就能从纣王和妲己的头顶上
飞过去
他的抱负是能够钓出一个
更加理想的时代

三千多年过后
再未见一个敢于用直钩钓鱼的人
好在历史长河里
真正的鱼并不是很多

无论西东

胸口疼痛这病
不只西施有
东施也有

要说东施得这病还要早一些
只是每次疼起来时
她都强作镇静
行动尽量如常

后来西施也得了这病
但西施不管这一套
不光眉头紧蹙
还直接用手捂起胸口

有次西施正洗着衣服
心痛病犯了
她只好收工
一手挽着衣篮
一手捂住胸口
蹙紧眉头

走过长长的街巷

在东施看来
西施的这些动作和表情
对健康的女性形象
还是很有些损伤的

但让东施想不到的是
街上的男人们竟然纷纷驻足
看个不停
认为今天的西施显得格外漂亮
你看人家那篮子挎的
你看人家那胸口捂的
你看人家那眉头蹙的
你看人家那病步迈的

既然这样
东施也放开了
她也蹙眉
她也捂胸口
她也想呈现出
自己的另一种美

但街上没有男人
本来在街上的女人
也都被男人拉回到家里去了

隐约听到有人说
真丑
更隐约听到有人说
还想学人家

后来,西施的心痛病
历史很快就给她治好了
但东施的心痛病
却被炎凉世态和人多嘴杂
折磨得更加严重

特别是当她听说
西施后来从浣纱女摇身一变
走进了春秋
悄没声息就走到了范蠡身边
与吴王夫差和越王勾践
都扯上了关系的时候
她躲在一个飞扬时代的一角
心口的痛
就再没有停过

经　典

一道珠帘
这边《凤求凰》的琴音缭绕
那边一个十七岁的寡居女人芳心暗动

她并不在意明媒正娶
她只需要一个
月夜星明适合私奔的夜晚

她不怕冒险
她看中浪漫
而且她愿意放下富家小姐的身价
当垆卖酒
甘愿把远望如山的眉色
常若芙蓉的脸际
柔滑如脂的皮肤
掩于市井

当夫君因《子虚赋》《上林赋》名声大噪
朝堂上位
给她寄来一封

"一二三四五六七八九十百千万"
只有十三个数字的书信时
她知道夫君动起了
"无亿，无忆，无意"的小心思
她用《白头吟》和《诀别书》
让羞愧的夫君踩住了刹车

她在想
或许当初
父亲卓王孙内心是支持她私奔的
夫君的回心转意
也并非一定是她的劝诫起了作用
所有的千古绝唱
都一定是心存美好的人
共同谱就的经典

天　下

泰山岩岩
鲁邦所瞻

巍巍矗立的泰山
全山东都看得见

再没有人能比得过
孔子的视野
他站上泰山极顶
不会感觉小自己
而只会感觉小天下

这话把秦王嬴政给打动了
始皇帝要的就是这种气势
于是他不惜千里劳顿
从咸阳出发
伏泰山脚下禅地
攀泰山极顶封天

无人知道

他对天地说了些什么
更没人知道
天地跟他说了些什么

这秘密
让汉武帝汉章帝汉安帝
隋文帝唐高宗唐玄宗
还有那个宋真宗
一个跟着一个
有样学样
也前脚后脚来到泰山
秘与天书
私与地言
窃与己语

你若问他们看到天下了吗
肯定回答说看到了
但他们看到的天下
只是天下
却与百姓无关

百姓都在他们的轿子底下
百姓都掩没在草木之中
仿佛百姓啥也不懂
都只忙着吃苦和流汗

庸人谣

我想周游古国搞上几场对话
但已经有《论语》
我想骑上青牛西出函谷关
但已经有《道德经》

等我想起写《石头记》时
《红楼梦》早已天下流传
等我想起像大卫那样做个思想者时
《资本论》早已变成资本

等我想组织一场饭局的时候
鸿门已经搞过了
等我想组织一场辩论的时候
江东已经搞过了
等我想组织一场舞会的时候
不仅项庄和公孙大娘
都早已收剑
连一向善舞的杨贵妃
都已经下落不明
即使各朝各代的夜宴

也都已经草草收场了

跳江
屈原已经跳过
沉湖
老舍已经沉过
卧轨
海子已经卧过

琢磨重新谈场恋爱
青春已经错过
似乎不现实
若要攀越珠穆朗玛峰
现在手脚缺钙
显然太夸张
去一趟火星也好
可惜现在船票只有单程
壮壮胆做点坏事怎么样
业务不熟恐怕也不专业

应该到处都是路呀
怎么每一条
都好像走不通

羵羊传说

1

一只羊
从古代的栅栏里
跑出来
挥棒掘井的季桓子
拽不住
它一跳
就跃过了许多
酿酒的过程
成为一种液体的
粮食　同时也成为
一种透明的情感

在温凉河畔
听一只羊的叫声
心就醉了

2

羯羊
这从两千年前流来的甘洌
与血一起在血管里奔腾
落雪或落雨的日子
高兴或悒郁的日子
远方的朋友,我的好兄弟
你其实与我仅隔着
一瓶酒的距离
没有什么
能改变我们朴素的叙述
但酒的醇厚
无疑会增加我们
友谊的醇厚

3

与羊共舞
把文明掬在嘴边
如烟世事
化作吉祥

我们这个民族
发生过许多与酒有关的故事

许多美丽的传说
往往也从酒开始
就像羰羊,一开坛
第一个冒出来的是掌故
其次是一首诗
直至最后
冒出来的也不是酒
而是文化

我跟李叔不同

有人说
人家出生那天
一只喜鹊衔着松枝
飞进了产房
而你呢
你却直接生在了锅灶下的柴堆里
我说我跟李叔不同

也有人说
人家十五岁就写出了
人生犹似西江月
富贵终如草上霜
而你呢你收起开裆裤还没几年
我说我跟李叔不同

长城外
古道边
芳草碧连天
有人问我
这些字哪个你不认得

哪个词你不熟悉
这么简单的句子你怎么就写不出
我说我跟李叔不同

有人说
人家三十九岁出家
两位妻子在寺外痛哭
却不为所动
认定爱不过是一种慈悲
而你呢你却在红尘中狼狈地苟全
我说我跟李叔不同

有人说
人家君子之交淡淡如水
花枝春满天心月圆
而你呢你却满身泥泞
我说我跟李叔不同

还有人说
人家的名字
与艺术家教育家思想家革新家法师高僧
连在一起
与诗词书画篆乐戏连在一起
与哲学法学汉字学社会学广告学出版学
连在一起
而你呢

我说我跟什么都连不到一起
我跟李叔不同

半世繁华慧集大成
半世青灯尽得自在
繁华有乐有痛
孤灯时暗时明
这些我都做不到
我跟李叔不同

这世上能跟李叔同的人
只有一个
就是李叔同

经久不息

那天去函谷关看望老子时
他刚写完《道德经》最后一章
骑上青牛
正等出关

关令尹喜的遗憾
无以言表
我们也一样

道非道,非常道
名可名,非常名

我们只能把他的生动背影
固定成站立不动的雕像

即便三十三点三米的高度
即便衣袖上写满了五千个
清秀俊逸的汉字
总不抵亲眼看他捋一捋胡须
眨一眨眼睛

总不抵亲身跟他坐下来
聊一聊天气
说一说家常

演　戏

一九三七年，日本兵打出的一颗子弹
在两千年之后，连续打中数个中国导演
把他们的脑袋打坏了

有个导演找到我
递给我一支步枪
要我把子弹打回到一九三七年去
我说不能
那打回到一九四一或一九四二年去也行
我说也不能
导演于是给我示范
他把枪举过头顶
一扣板机
把敌人一架运输机给击落了下来

另一个导演找到我
给我一枚手榴弹
要我扔回到一九三七年去
我说不能
那扔回到一九四一或一九四二年去也行

我说也不能
导演于是给我示范
他把手榴弹举过头顶
使劲一扔
手榴弹飞上蓝天
把敌人一架轰炸机给炸碎了

有一个导演更绝
他找来一位日本演员
要求他用一九三七年的日本人身体
去强奸二〇〇七年的中国女人
日本演员说他不能
那么用一九四一或一九四二年的身体呢
日本演员说也不能
导演问为什么
演员说因为那场战争早已经结束
导演说，但伤口还在
于是导演给他示范
你看我
我能

云中记

一块块石头,墩实不言
一洞洞石窟,开口讲话
西汉的风吹过北魏的沙漠
拓跋部的《魏书》次第打开
有人被赵武灵王附体
有人模仿汉高祖被困白登山
有人从悬空寺盗出了经书
有人逃入古城
伪装成一尊雕塑
反正恒山之下
但见左云右玉,云冈云州

不用说
年轻的导游们都是从北魏来的
她们的美很多人没见过
她们的声音很多人没听过
她们不需要讲解词
也不需要跟你并行在一起
作为从云中走出来的城市
和从云中走出来的人

她们大脚一踩就是祥云
她们小口一吐就是莲花
她们无论是想去往先秦
还是想抵达唐宋
似乎都很容易
反正不少人因为她们
误了离开大同的车次

平城并非平凡之城
大同也并非一切相同

辑二

两片树叶

最早只有两片树叶
一片给了亚当
一片给了夏娃

据说最早的设计
是把私密处放到头顶
至于是否雅观倒在其次
主要是头对头太过于容易
放到脚底也是同样的道理
改在腋下应该还好吧
结果搂肩搭背的习惯
到现在很多人也还没能改掉

造人并不难
让所造之人具备自我再造功能
也不难
难的是把两个需要合作的器官
必须分开放放到哪儿才更合适
造人的神苦苦思索
试遍了人的全身

后来的选择大家都已经知道
只能如此但并不理想
打倒和被打倒
压迫和被压迫
占有和被占有
侵犯和被侵犯
翻身和不让翻身的事
屡屡上演
斗争和革命没有穷期
很多王朝靠两个器官
支撑数百年
很多重大历史事件
会从两个不起眼的器官上爆发

总之,无论放的地方
多么隐秘
它们都能爆发出
排山倒海的力量
都能一把火
烧红历史的天空
美好和罪恶
像朋友一样形影不离
因此仅靠两片树叶远远不够
还需要有若干部法律

加以维护和保持清洁

但只要树叶挡不住的
法律一定也挡不住

泥 人

一镢头下去
刨出了一条河
放到北边叫黄河
一镢头下去
刨出了一条江
放到南边叫长江

这片土地很肥沃
里面埋着一个民族
埋着一个中国

最先被刨出的那个人
在练习独立思考
接着被刨出来的两个人
在学着谈恋爱
随后被刨出来的三个人
在玩剪子包袱锤
后来不断被刨出的人
长成了密密匝匝的庄稼

事隔五千多年后
我自己动手
把自己刨了出来
一个人成了一座城

我想面朝黄土
我想饱读诗书
我想看满天星斗
我想听围炉夜话
我想攀登近处的山峦
我想去往遥远的地平线

我只想在人间走这一圈
不会占用大家太多时间
因为喜马拉雅早晚还得被黄土掩埋
东海早晚还得被黄土填满
我早晚也要回到
我所喜欢的泥土中去
重新开掘万千自然
继续聆听人世悲欢

打　架

夜晚，书房里的书
突然打起架来
把我吵醒

还没上架的书
在争先恐后地上架
已经上架的书
都不愿意腾出位置

我狠狠敲了一下
《喧哗与躁动》的头
说：一定都是你惹出来的事

《丰乳肥臀》告密说
本来，趁着夜深人静
我们都在听《聊斋志异》
结果《老人与海》
灌了进来

我说这怨不得海明威

我说了三条原则
一是鲁迅的
二是古典的
三是南美的
三个不能动

我的话音刚落
不在这三个范围的书
一跃而起
把整个书架
全给砸烂了

诊　所

我病得很重
我去看医生
我说我浑身已经麻木毫无知觉
医生对我周遭作了检查
最后确诊问题出在嗓子上

医生说
先前你一定遇到过很多
需要你大喊一声的事情
但你一句都没有喊
所以把神经全部憋坏了

医生说
你必须尝试着大声喊叫

我俯在医生的耳朵上悄悄说
你知道吗
我是写小说的
这些年来我只能小声地说

医生看看我
摊开处方笺
板着脸
我看到他从一部厚厚的
文学评论著作中
仔细往外挑拣着合适的词儿

奋 斗

收秋时有一株高粱忘记收了
后来想起
待找到它时
它脸儿红红的
已经把自己酿成了酒

麦收时有三穗小麦忘记收了
后来想起
等找到它们时
一穗已经脱粒
一穗已经磨成了白面
还有一穗把自己蒸成了馒头

春种时有一筐种子忘记种了
后来想起
待找到它们时
它们长成了庄稼
还结出了奇妙的果实

冬藏时有一堆白菜忘记藏了

后来忽然想起
等找到它们时
它们一棵棵借着寒冷
摇身一变
成了白菜玉
随便拿出一棵
都能换回一万亩白菜

我把自己给忘记了
后来想起
等找到我自己时
我的两手正死死地扼住
时光的喉咙
而岁月正从我的背后
狠命地薅着我的头发

节 约

为了节约时间
让时间过得更有价值
我常常拿出大量的时间
确保让自己无所事事
甚至煞有介事地孤坐
假装自己很会思考
很多时候我其实是用睁着的双眼
去极力掩盖自己内心的沉睡

天地轮转

雨是液体的阳光
阳光是耀眼的雪
雪是心爱的女人
女人是风
风是少年
少年是我
我喜欢穿行在雨中
一身湿漉漉的明媚
把雪融化
任风把头发刮乱
始终确保一颗心
能够自由自在地飞翔

跑步机

大多数人的人生
都跟上了跑步机一样
只要不跑
就会跌倒

必须一刻不停地
向前　向前　向前
不能停下来

看上去大汗淋漓
看上去意气风发

速度没的说
励志没的说
坚守没的说
只是有一点
就是不会跑出距离

要想修身
要想齐家

要想治国
要想平天下
另换一台跑步机
肯定不管用
必须得另换一条跑道

所有原地打转的人
都是在不断跑的过程中
掉入宿命的漩涡

走钢丝

命悬一线
飘飘摇摇

但你可以假装自己
热爱舞蹈

台　阶

所谓台阶
主要是供那些不断攀登的人
上行时使用的

但有时
一些不得不从上面下来的人
更加需要

自　从

自从装了电灯
看好多东西时
不像原来那么清楚了

自从开了空调
感觉所有冒出来的汗
都是虚汗

自从通了高铁
与远方朋友的聚约
总是一再错过

鱼　殇

我本是一条鱼
却总被误会为我是意外落水
我最好的归宿
就是向深深的海底沉去
却总有人一次次
执意把我救到岸上
要么是你们的柔情
让我不懂
要么是我的决绝
令你们伤痛

地球打滚

无论站在哪个星球上看地球
地球都很完美
圆圆的
蓝蓝的
不露一丝破绽

只有地球知道
自己早已千疮百孔
漏洞百出
什么自转公转
不过是每天都痛得
打滚而已

拉　锯

亚当和夏娃的下身
一人一片树叶

一阵被革了去
一阵又被革回来

一部人类历史
像极了两个木匠
在拉锯

只有锯沫子
横飞

到最后
道德两个字
竟也成了残渣

湖　边

是鸳鸯
那就简单了
一起嬉水就好

设若非要改为钓鱼
那我肯定不是
很好钓的那条

黑与白

白鹤问乌鸦
你从哪里搞到的染发剂

乌鸦问白鹤
你用的是什么牌子的美白霜

白鹤的白是骨子里的
不天天洗也很干净
乌鸦的黑也是骨子里的
不天天染照样很黑

孕　妇

她埋坐在大号的沙发里
邻居家的几只鸽子
在阳台上扑棱棱地飞
阳光在鸽翅上闪烁着
冬日的空旷与明净

正午的阳光
彻底映照出了
她的几分慵懒

她手头摊开的
是一本最新的诗刊
一个平日里不写诗不读诗的女人
并不适应面前升腾起的油墨香

但一首叫《樱桃，樱桃》的诗
吸引住了她
　　　给我孩子吧　我祈求
　　　沐浴阳光　沐浴花和叶子
　　　我的心犹如薰风中奔驰的牝马

　　　　我的爱像舒展的绸缎渴望包裹
　　　　给我的怀抱以孩子
　　　　给我的家园以葱郁和足够的水
被她反扣过来的诗刊
像极了她已经突起的肚皮

在冬日的正午
她选择用一种春天的姿势
斜躺着一个女人的幸福

为什么

为什么父亲老了
土地依然年轻
一片片庄稼疯长不止

为什么我也老了
土地依然年轻
一座座城市疯长不止

为什么土地老了
故事依然年轻
各种各样的爱情到处流传

雨天与朋友饮兰陵酒

雨天,很好的天气
远路来的朋友　我们用什么
来温暖友情
此时,兰陵酒以李白的姿势
站在我们中间
这些液体的粮食
一滴一滴　浸入身体
使我们幸福并且变得年轻

雨天,多好的天气
酒香缭绕　友情缕缕
一千二百年前,李白就是这样
歪歪斜斜地走在
唐朝长安的大街上
雨,无疑是上帝的口水了
天,也醉得四垂

朋友,喝吧!
酒逢知己　千杯甚少
不要问我兰陵酒为什么

不上头　更无须准确记得
回家的路
我们彼此　只保持
絮絮叨叨的状态
因为这种状态
让我们感觉天地之间
苍苍茫茫　执子之手
唯有我们
顶
天
而
立

我不想与朋友隔着一瓶酒的距离

与酒有缘
烟的味道也在其中
其实我们心的天空
很晴朗
即使那些有雨的日子
回忆也像一把伞
所有的快乐
水花四溅

一只手臂
是我们仅有的距离
一起走过的路
一同流过的泪
成为久煮的
一壶好茶
它就像漫山遍野的野花
馨香四溢

在山巅浪谷
我们重拾昨天的脚印

收藏幽处的风景
当然我们还谈到了
未来的旅途
我们早已经习惯
把寒风变成
最温暖的衣服
也时刻准备
为对方取暖

我们迎着明媚的阳光上路
伫立高处
长发飞扬

高山大海
万物苍穹
风云际会

还能有谁
堪与我们比肩而立

落　叶

叶子未必一定是被秋风
谋杀的
也可能是因为坐在树下的
那个女人
她不该打开那部
厚厚的和弦之书

叶子从树上落下来
落到了书页中的漫画树上
绿色的气息
继续生长

在温暖如春的字里行间
它度过了深秋和寒冬
已经与一首歌曲旋律
彻底相融

多年后，直到我借阅到这部书
那片叶子才从消息树上掉下来
掉到了我的心里

整 容

每一个人的容颜都会被整
被时间的手术刀
被岁月的填充物

人生的整容
不会有一例成功者

可以整得了容
却永远整不了心

无 题

苹 果

听说你砸过牛顿的头
也曾被乔布斯猛劲咬过一口
记得那些年父亲犯痨病
你打扮成医生的模样前来救治
一次次与你握手
你只把平安当作问候

香 蕉

只有让人剥皮
才能证明自己内心的柔软
并非这种自证的方式过于惨烈
而是所有人对包裹起来的真相
格外警觉

红　枣

我的青涩常常被人忽略
多数人的轻薄像秋风一样
总喜欢陶醉在我那一抹
难以节制的潮红中

草　莓

老鼠最喜欢在草莓地里穿梭
但这并不代表我多么污浊
我所有青青的枝蔓
萌动着的都是最纯情的岁月
虽说草莓情色最重
却为何总是红颜薄命

龙　眼

即使只有一只眼
我也要把它厚厚地包裹起来
因为我要确保睁开时
能有足够清澈
面对这个混沌的世界

红高粱

自从红高粱成为明星之后
许多庄稼都在颜色上下功夫
连海滩上的黄须菜
也根本不去考虑大海的感受
把自己整成了红地毯

其实
再美的红高粱
也都曾经青过

爱情物语

孟姜女把爱情垒进了长城
祝英台把爱情埋进了坟墓
白娘子把爱情罩进了雷峰塔
牛郎织女本来最接地气
但最后还是被扯到天上去了
所剩人间的爱情已经不多
而且年纪都已经不小

悬崖上的爱情

我一直以为
巫山云雨
说的是天气的事

作为一座名山
白云飘也好
大雨落也罢
都属正常

但却不明白为什么有人
非要把脆弱的爱情
推到悬崖之上
把美好的两性互动
置于险境之中

牛郎和织女

牛郎和织女
把爱情的高度
抬得过高
直接抬到了天上去
致使人间
所有可触摸的爱情
全部落满了尘埃

脱衣服

两只已经谈成恋爱的甲虫
都想把衣服脱下来
好好睡上一觉

双方都未预想到
事情会卡在脱衣服这一关
硬硬的衣服不是不好脱
是根本就脱不下来

一味脱衣服
就会耽误爱情
想拥有真正爱情
就必须脱衣服

一千年过去了
它们还在脱
也一直没有停下寻找
解决的办法

它们并不知道

它们原本就没穿衣服
它们所谓的爱情
早已在人间裸露了千年

两块磁石

所谓男女不过是两块磁石
隔得再远也能嗅到对方
蠢蠢欲动相互吸引
如果不慎粘到一起
就会产生一种错觉
以为一定谁也离不开谁

婚约的用纸常常很薄
有时忍不住打开看看的时候
根本找不到磁场
里面只有两块很普通的石头
冷冷地靠在一起

人和蚂蚁

两只蚂蚁相遇
拥抱后
分开

两个男女相遇
开房后
陌路

九十九级台阶

那时,我们很惬意
是吗?
可你不让我的三月
住在你的唇上

满山的花
该开的都开了
还剩下九十九级台阶
我们顺着往下走

后来,你把那座山
邮给了我
打开一看
竟是一汪泪水

夫　妻

从最初的一天一次
到一周一次
到一月一次
到一季度一次
到一年一次的
分歧和争吵
战争与和平

慢慢调整为
一年一次
一季度一次
一月一次
一周一次
一天一次的
问候与呵护
难分与难离

少时友
老来伴

这是一天
也是一生

会过日子的媳妇

纸箱子，旧报纸，破桌椅
媳妇一样都不舍得扔
日子每天都在新陈代谢
用不着的东西积满一堆
这事媳妇有解决办法
花三万多块钱买了一个储藏间
大约一季度清理一次
能卖出二十多块的废品钱
我晚上睡不着觉时算了笔账
差不多需要三百九十多年
才能把本钱顶回来
媳妇见我郁郁寡欢
问有什么事
我说我们未来的日子太长
我怕扛不住

春雨记事

新雷一声
第一场雨
淋湿了天空

远处走来的两个人
脚步轻轻
记忆中的荒野小路
渐次泥泞

一个眼神儿
惊了翠柳上的黄鹂
一对白鹭
学会了脸红

春雨如吻
用天使的眼泪
根本无法擦干
她脸上的笑容

初夏之夜

不是随时就有这么好的夜晚
也不是随意心情就如此缱绻
初夏的风摇着街树
偶尔有叶子落下来

月影在一个人的肩上披一半
剩下的一半又披上另一个人的肩
幸福阵阵袭来
夜色清爽如溪
舒缓如乐

刚下过一场雨
残留在叶片上的雨滴
像已经融化的吻
一会儿打湿她的衣裳
一会儿打湿我的脚面

清　高

从没跟有权力的人
勾兑过任何有关权力的交易

有领导 有同事 有同学
都进去了

过去因为我的清高
很难做成朋友
不知他们出来后
是否可以

花　事

朋友和他的妻子来访
说春天来了
送你们一盆花

交谈中屋子里充满扑鼻的馨香
朋友的妻子说
花开时才更香呢
朋友说，浇水，到时便开花，红的

浇水，到时便开花，红的
我却在想
不浇水会怎样
为什么必须要让它开花
不是红的是不是也很好看

彩虹一样

我不敢确定
我在街上遇见的这个美女
是否真实存在

因为她的过于美
让我十分怀疑
她有可能是哪个男人
梦中的影像

只是不小心
她走到了大街上
彩虹一样
转瞬即逝

扳机扣响

想做飞禽没问题
想做走兽也没问题

可以飞自己所能飞
走自己所愿走

但却不能主动往对准自己的枪口上
去撞
尤其是撞动扳机

再怎么喜欢听那砰的一声爆响
也得先把误解躲开才好

辑三

神奇的河流

司息河是一条神奇的河流
从来没有人去过问
这些奔腾不息的河水
它们到底从哪儿来
它们又将到哪儿去

有人用直钩在河水里钓鱼
有人用竹篮在河边打水
有人将河水织成了布匹
有人把细沙贩卖成了红糖
有人用布兜收集岸边林中的晨露
有人用裸体储存树杈间的阳光
有人干脆搭起了爬满青藤的木屋
有人干脆捞起了河水中的月亮
甚至有个光棍汉
直接从河边背回来一大捆
来自洗衣女的笑声

有人把河水泼到打麦场上
晒成了一方平地

有人把河水舀到鏊子上
烙成了煎饼
有人把河水洒到玉米地里
长成了红缨穗
有人干脆从地底下
把河水引到自家院子里
长成了炊烟

司息河两岸的树林那叫一个浓密
只是树木们只要发笑
就会落光叶子
只要沉默
就会发出绿芽

人们从来没有想到
有一天野猪会搬家
野鸭会去城里
野鸡会去别的地方下蛋
野兔会偷了长管猎枪逃走
剩下的蚂蚱们
在隆重纪念最后一个秋天
凡是像点样的树
都忙着去找斧头

河水像犯了糊涂
一会儿正流

一会儿倒流

一会儿长流

一会儿短流

后来有个浪头停下来

气喘吁吁地招呼其他水

歇歇，先不流了吧

村里有个大力士

醉酒后把司息河给折断了

躲藏在里面的最后一批水

把整村人的梦全给淹了

有人说那不是水

那哗哗的声音听上去

有的像老人们的古话

有的像古人们的老话

有个人调皮

用折断的河制作成了

两个鼓槌

把牛皮一样绷紧的河床

擂得咚咚直响

据说，响声能传万里

听到者无不惊心

曾经的司息河河水

能从他们的眼睛里

咕嘟咕嘟地冒出来

大地很静
人们仿佛听到有一条河
正急急向这边奔来

弥 河

起自远古帝国
映照秦时明月

沂山麓,朐城边
嫩嫩清流
九曲十八弯

丰美的南北朝水草
挂满了青州的
新鲜露珠

黄　河

裹挟黄土，经略中原
在东营寻找入海的方向
入海口十年河东十年河西
一条大河上下求索
河滩上的黄须菜
全部憋红了脸

当我与四十万亩芦苇并排站在一起时
长河入海激起了黄蓝交融的千钧气势
我不再注意，从头顶掠过的那群白天鹅
也不想理会，打远处飞来的那只丹顶鹤

蒙 山

当年　李白与杜甫
沿着布满诗意的小路联袂攀缘
满山的树都变成了站立的诗行

后来苏轼也是沿着这条
布满唐诗的小路
走出了宋词的新意

其实早在他们之前
孔子就已攀缘而上
并且把沿途都做上了
儒家的记号

等到我来登山时
看似沿着一级级石阶而上
实则是向着历史的纵深开掘

泰　山

用脚去丈量泰山
太笨拙太费劲
用情去包裹泰山
太单薄太轻飘
用心去感悟泰山
太博大太沉重

最管用的办法
就是自己长成一座山
跟泰山站在一起
相看两不厌
天涯共此时

沂　河

上亿年的河床
终于蓄满了今天的水

风吹来
清新之气
灌满全城

见过海的人
说它跟海一样大气
会游泳的人
说从这里
可以游进历史
也可以游向未来

我只伸出一根虔诚的渔竿
看能钓出多少
美丽的传说和幸福的记忆

书法广场

不是所有用毛笔写的字
都是书法

但书法
我们一眼就认得
它长得跟王羲之一样俊逸

当年　王羲之仅从临沂
带走一支毛笔
他就还给世界
一座书法名城

王羲之站在书法广场
不用说话也让别的城市
感到有一种无法逾越的高度

美女·峰

说她们是小鸟
却并未听闻歌声
但见静如鹿
　　蹲如兔
　　展如鹰

说她们是风景
却并未睹尽芳容
但见一分翠绿
　　二分鹅黄
　　三分嫣红

难道,她们是跳跃的音符
让本来沉重的大山
倏忽有了诗意的轻灵

难道,她们是绚丽的色彩
让世俗的凡尘
幻化成了迷人的仙境

江　南

我不太敢踏上江南的土地
因为每次踩上去
不是变身棕榈
就是蹲成水杉

我也不能任由湿湿的风吹来
这样我很容易会摇曳成江边的翠竹
或是胖成五月的蕉叶一扇

烟花三月

出差，入驻一座红楼
友人调侃，值得做一场春梦

要做就做十二个女子的梦
妙玉，香菱
入夜，华灯
窗外苍松疏影

不带上一点心病
离不开姑苏城

济南十八拍

经十路由东往西
英雄山路从南到北

一条条知名与不知名的巷子
一部分是经　另一部分是纬

当年载我驶入这人海的
是小舢板一样窄窄的校徽一枚

我仔细聆听晨钟暮鼓
两眼相望千泉之美

原来这些年　曾经的梦想
一直在这座城市上空高高地飞

我真的很害怕撞见
当年的自己
一定会年轻地站在原地
凭雨打　任风吹

是选择握手　还是试图拥抱
大明湖都不会相信眼泪

能与谁相约呢
攀上千佛山顶
远天舞红霞
近前飞济水

其实，爱不需要理由呀
正如有一些词
叫既然那么
或许可能
所以因为

西　湖

山的浓眉
将这只眼睛衬得深深
北方人掉进去
就出不来

无数条小船
在上面打捞
却连船也划成了风景

只有一张小小的长方形车票呀
将沉醉的眷恋
载到岸上
从此天南地北
也就一辈子
湿湿地相思

太行的天很蓝

王家峪不起眼的一家小院
基本能讲透大半个抗日战争史
只是那天我们去的时候
朱德彭德怀左权他们
都不在

但明显感觉
一九三九至一九四〇年的子弹
仍然在心头呼呼地飞
飞过小院上空

鬼子通过九路围攻
把八路军总部压缩到
一个农家小院里
以为战争就胜利了
对侵略者来说
他们不会明白
正义会十面埋伏
人民就像汪洋大海

八百里太行
经由八路军的打造
已成铜墙铁壁
敌人的失败
只能是早晚的事

我们在小院里转
正好有太行山的风灌进来
头顶上的天很蓝

夜色中滨河忆友

树挺径斜,
游者如梭,
物是人非昨。

长河岸,
浩渺烟波,
空对残月。
长竿弯钩钓离别!

红　嫂

一个男人的身体
在自家的山岭上
被黄海以东飞来的
一颗子弹　击倒了

子弹呼啸着异国语言
呜里哇啦
嗖的一下
就钻进了另一个民族的胸膛

渴呀
满世界的河道
仿佛都断流了

你就是在这个时候
出现的
红头绳　碎花袄　扎腿裤
绰绰约约　窈窈窕窕　走上山来

两道干裂的唇　向黑暗滑去

紧急　无助　家愁　国恨
你撩开了衣襟

撩开了一片
不可侵犯的国土

撩开了一个民族的
坚强　坚韧
至纯　至美

春光乍泄
万木黯然
高山仰止
星宇无声

你把整个战争
一下揽在了
柔弱的怀里
轻轻一滴
又一滴

浇灭的，何止是侵略者嚣张的气焰
激活的，何止是四万万人民刚烈的血性
催亮的，何止是艰苦卓绝的和平曙光
喂养的，何止是一场战争的小小胜利

你的名字

从此染满了红色

脚下,是八百里红色沂蒙

头顶,是十三亿红色中国

在孟良崮等一场雨

一九四七年五月,沂蒙山区落了一场大雨
那年,孟良崮这座默默无闻平平常常的山峰
发表了一篇震撼世界的宣言
凡是读过这篇宣言的人
都承认那场雨是经过许久许久酝酿
才落下来的
天公像个孩子
情感的大门向着沂蒙山八百里土地打开来
将世界上最冗长最粗犷最壮美的祝词
淋漓尽致地倾泻
风吹着硝烟
像驱赶着那个王牌师的游魂
在雨的抒情曲中埋进了山谷
一群群士兵站在红色旗帜下
举起欢呼的双臂架出一道长长的虹
他们的目光越过一场美丽的雨
向着远方遥遥地飞翔

当我在历史的教科书里见到孟良崮的时候
已经过去了好多年

后来，我沿着坎坷不平的山路
登上了它
一个人听山风飕飕松涛阵阵
我在猜想当年父辈站在岗上的姿势
那时候他们是比我现在年龄还要小得多
其实他们站立的姿势并不重要
重要的是他们站在一面红色旗帜下
手舞足蹈
五月的雨将他们冲洗得风流英俊

我是那场雨间接冲洗出来的孩子
我愿意在孟良崮上坐着站着或者踱步
我知道一切努力都不能使我
沿着时光的隧道拥抱一九四七年
那个激动人心的场面
但我一次又一次劝自己耐心等待

我在孟良崮上坐着站着踱步沉思远眺
无比真实无比辉煌的阳光照耀着我
时间的手臂抚摸着我沉重的思想
我在一种既沉重又亢奋的情绪里
等待着一场雨的到来

不是每一场雨
都能让人永久地回味
一个人一生只能淋一次

一九四七年那场五月的雨
是一件很不容易的事
我等待着这样一场雨
一场新的雨
一场最知时节的雨
它洒落在沂蒙大地
把我淋得透湿
永远也晾晒不干

曾子山

我去的那天正赶上一场秋雨
两千五百年的岁月
只露出一个烟雨朦胧的小小山头

我知道曾子就在这座山上
但通往春秋的路
一片泥泞

三里湾

当年,川底村的泥土里
到处都埋着山药蛋
赵树理把它们挖出来
当作一个文学流派来使用

那时,川底村还不足三里
却被《三里湾》撑出去了
三百万里

多少年过去,我仍然看到
糊涂涂常有理铁算盘惹不起翻得高他们
仍然一天到晚,围在他的身边

他们的话题
应当不再是第一个合作社的事
因为山药蛋的营养
已经远远超出人们的想象
它已经养大了一个贫穷的年代

他们（诗四首）

永远的教员

他出身农村
是一个师范生
本来最大的愿望是当一名教员
却不得不走上了
与工农相结合的道路
从湖南到广州
从上海到武汉
从韶山到井冈山
从延安到西柏坡
最后登上天安门城楼
一嗓子喊出人民万岁
他成了永远的教员

扁担的故事

他不像将军
更像一个朴实的农民
他扛起一根扁担

像扛起一杆秤
称出了井冈山的重量
称出了信仰的分量
他的扁担
跟长征一样长
一直横在小学语文课本中
他的扁担
跟文物一样古
一直傲立在博物馆中

胳膊纪事

他始终将右胳膊拐在身边
像他那颗始终放不下的心
在日内瓦在万隆在非洲十国
始终拐在身体右边的那只胳膊
成了受追捧和受景仰的风度
当然，它稍微伸展
照样能接住横跨太平洋的握手
一九七六年一月八日
他弯曲了大半辈子的胳膊
终于抻直了
但第二天
成立三十一年的联合国
这天的旗帜降到一半之后
就再也没升上去

黎明前的黑暗

确切说
他不是被一根绳索绞死的
他是被一团黑暗淹死的
当十月的炮声传来
他热情地欢呼庶民的胜利
积极地成立一个专门的组织
播种信仰
建设一个赤旗的世界
但这些都是不被允许的
即便他是北大教授
也只有通过站上绞刑架
才能将自己写入教材

中秋夜

那夜风平,
万籁俱静,
冷月独自明。
遥忆点滴细微时,
一枕秋水长入梦!

穿越秋雨中的北部山区

风帘翠幕,
初秋雨寒。
望断处,
一道道烟山弥漫。

空灵静谧,
燕落雨山。
遥望山里人家,
一座座深深庭院。

三门峡

黄河一门心思向东流淌
冲出峡口
秦岭一门心思向上生长
冲出峡谷
老子一门心思出关西去
冲出峡关

三门峡一段
黄河是青河
秦岭是秦脉
老子是逍遥子

无数个母亲在忙碌

我陪九十四岁的母亲在院子里拉呱
却总感觉有好多个母亲
在不大的院子里来回走动

洗衣的母亲
淘米的母亲
做饭的母亲
收柴的母亲
提食喂猪的母亲
撒豆养鸭的母亲
没有一个母亲闲得下来

不敢想象
哪天母亲离开后
这座不大的小院
该是多么空旷

姐姐掩映在庄稼丛中

姐姐春天扛锹夏天荷锄
秋天挥镰冬天舞镐
脸蛋始终红扑扑的
亮亮的像面镜子
都说我姐姐长得漂亮
我最喜欢看的就是
姐姐劳动时的身姿
她的每一个动作
都充满着诗意
这在乡村无人可比

姐姐选择和土地做朋友
所有的庄稼都很愿意听她的话
姐姐让它长得直它就直
姐姐让它长得弯它就弯
姐姐让它长得诚实它就诚实
姐姐让它长得饱满它就饱满

在姐姐手中
土地变得跟绸缎一样柔软平展

一道道田垄也自觉地疏密相间
金黄的翠绿的艳红的
什么样颜色的庄稼都有
风一吹
便会听见它们叽叽喳喳地说话
只要庄稼们开心
姐姐就很开心
坐在地头上休息的姐姐
有时候左手会蹦上一只蚂蚱
有时候右手会飞出一只蝴蝶

结婚前的姐姐
那笑容别提有多么灿烂
嫁人后的姐姐
那心思别提有多么仔细
庄稼是她的孩子
孩子也是她的庄稼
穷人家的孩子和庄稼一个样
只要扔到地里
就一个劲儿疯长

父亲和土地
像极了一对闷头闷语的老兄弟
而姐姐和土地
那才是说不完悄悄话的姐妹俩

与父亲握手

真正的庄稼人
没有握手的习惯
他们的手习惯握锹把锄头耕犁
握石块牛粪泥土
握皱皱巴巴的日子
他们几乎什么都能握住
除了尊严

我从未停止过
与父亲握一次手的努力
却不是被庄稼隔着
就是被城市隔着
要不,就是被乡下人的习惯隔着

我一直想象着
父亲那只大手的温度
我希望由父亲的那只大手
来给我供暖

直到父亲残年老去

被推进火化炉的那一瞬间
我才终于逮住最后一次机会

我握着了
终于握着了
一下握住了父亲辛劳的一生

原来,父亲的手
阡陌纵横层层老茧
像土地一样厚实
像旷野一样广袤
像河流一样坦诚
热量永不减退

同　事

进城之后的我
需要填写各种表格
在重要社会关系一栏
我每次都认真地填写上
牛和我父亲做过一阵同事

一位老父亲
一头老黄牛
相同的黄皮肤
一样的黑眼睛
甚至一样高大魁梧的身材
从来都是老牛走在父亲的前面
父亲紧紧跟在它的后面
他们仿佛天生就是一对诗人
都喜欢把土地断行
都喜欢让庄稼成垄
都喜欢迎着炊烟归来
被夕阳做成剪影

牛在田埂上吃草的时候

父亲也装模作样地
把一截草根放到嘴里
认真地咀嚼
那秋草里
有着父亲和牛一世的香

我所有的木讷和憨厚
与其说是从我父亲那儿学来的
倒不如说是从我父亲的同事那儿学来的
要说我父亲就是牛
牛也就是我父亲
只是在城里
人们习惯上会把憨厚说成是傻
把木讷说成是抑郁
把耿直说成是不会来事
他们甚至把我已经养成的
喜欢吃草的习惯
说成是素食
他们哪里知道
吃草和素食
根本是两个不同的概念

先是父亲走了
后来是牛失去了土地
他们两个本来也没有固定的单位
再没有比到城里来

更差的选择了
一头木讷憨厚耿直的牛
来到城里
迎接它的从来都是一片片
闪着凛凛寒光的尖刀
顶多也不过有三点两滴热血
偶尔溅到股票交易大厅后
成为牛市

除了父亲之外
另一个能懂牛的人
也就是鲁迅了
很难考证鲁迅和牛是不是同事
但他们眼神里透出的忧患
是共同的
如今生活在城里的我
总觉得自己裤腿上沾满着泥巴
甚至总想着能把双腿
埋进深深的泥土中

镰　刀

一生，抖着瘦削的肩
在乡村的田垄
收割葱绿和金黄的话题

镰刀
金属的声音
永远是庄稼爱听的音乐
特别是秋天
风一吹
就能听得见阵阵的掌声

镰刀
你的嘴唇薄如纸片
但你即使沉默
也能入木三分

农闲的时节
你躺在被炊烟熏黑的墙上
像一枚弯弯的月亮
照耀着静谧的小村

白　条

我确认自己是在彻底抖落完
浑身的泥土之后
才昂首挺胸进城的

但多少年过去
一张口还是满嘴的泥土气息
仿佛庄稼就长在舌尖上
忘却了收割

我把自己种植在硬邦邦的街道上
种植在全封闭的楼房里
种植在空调制冷效果
并不算太好的私家车里
穷人的信用卡跟有钱人的信用卡
并看不出有任何区别

这里土壤肥沃
有时，罪恶也长得
十分盈实和艳丽

笑都能卖钱
何况身体
除了钱之外
还有什么不可以交易的呢

我最想做的是一笔大买卖
把所有剩余的土地用来置换
并考虑用农民两个字来支付

这个想法
我会暂时先写在一张白条上

下乡记

按组织要求
下乡去认亲戚
大嫂把我递上的干群连心卡
转身给了躺在病床上的婆婆
冬天的乡村有些冷
并不如蔬菜大棚里温暖

小青河两岸要修滨河路
这茬麦苗已失去再返青的机会
邵大爷的房子也必须倒在路边
寒风中我想握一握邵大爷的手
但转念一想
还不如悄悄塞给他二百元钱

女人不再趴在鏊子上烟熏火燎
烙机器煎饼让她多出了更多从容
她站着调温，加炭，跟我说话
身边六岁的儿子
既像监工也像学徒
正试图把一摞摞煎饼瞅成学费

只是我担心
仅凭一张连心卡
他们还不太可能
把我看成是他们真正的亲戚

麦子　麦子

你是深秋下地的
不顾寒风的劝阻
执意拱土发芽

你是春天最早的诗行
青青的心事
映照天空万里无云

西南风起
麦熟一晌
在五月　你是一幅最美的油画
既有浪漫情调
又富艺术气息
当与镰刀相接
粉身碎骨之后
才知你的心
始终雪一样纯洁

乡　树

那天在小区散步
意外遇上了一棵
来自家乡的树

我感到奇怪：你怎么来了
树说：老远我就认出了你

我说：我本来还计划着
什么时候回去
再坐上你肩头
聊聊春暖
说说秋凉

树说：怎么总感觉在城里
不如在乡下自在呢
并问我：你呢
我抬头看了看天

后来某一天
听到物业几个人在闲聊

说那棵新移植过来的大树
这才几天工夫啊
朝向家乡方向扎出来的根
就已经长出了几丈之长

我惊异，有这事？
那人说，被我锯断了

我趁夜色去悄悄看望它
我给它包扎脚上的伤口
它替我擦去脸上的泪水

一窗之隔
它在风中摇摆
我在长夜失眠

绝　唱

夕阳的余晖
散落向起起伏伏的山峦
把每一片云彩都镶上了金边

夕阳与晚山的爱与恨
晚霞与飞鸟的情与仇
全是黯红的剪影

一缕绝唱
荡气回肠

我只是一个看风景的人
有没有人看我
我不知道

未来(代后记)

再谈一次恋爱的愿望
已经变得十分简单
她就站在我面前

如果不是事先知道
我怎么也不会相信
机器制造的她
也懂得等待春天

她递给我的是一张卡片
说里面储存着她身体的开关
我接过来,掂了掂
然后又随手扔还

我要的是跟她交谈
告诉她我曾经的苦闷还有悲欢
我为什么是我
又是怎样来到的人间
我为什么不能与人为伴
为什么我始终一个人孤单

我等待着看她的哭
她的讽，她的谏
她人间难有的风情
她世上少有的柔软
但最后我连一丁点的羞涩
也没看见
她只说，工资住房身份地位等等
所有这一切都免谈

我说，你不该是个机器人
这都是命
说过这话后她就别过了脸
她自己掌握不了自己的命运
与谁谈恋爱她自己也说了不算

这晚，我没有意愿与她缠绵
她也只像家庭主妇一样
换上了干净的床单
我羡慕她能始终如水一般沉静
不起波澜
她却羡慕我不管是喜悦还是痛苦
都能泪流满面

我突然有了某种预感
假如我们就这么过下去

是否会出现身份互换的那一天
我渐渐地变成一架机器
没有了夜晚也没有了白天
而她却会慢慢换上人间的笑颜
生儿育女，柴米油盐

更可怕的是
她招一招手
手里握着的
竟是我的密码和开关

这与机器人的恋爱
这让人最难以承受的风险
将由谁来担